KB110349

짚불곰장어

문장시인선 012 | 김성수 시집

짚불곰장어

인쇄 | 2021년 7월 15일
발행 | 2021년 7월 20일

글쓴이 | 김성수
펴낸이 | 장호병
펴낸곳 | 북랜드
06252 서울 강남구 강남대로 320, 황화빌딩 1108호
41965 대구시 중구 명륜로12길 64(남산동)
대표전화 (02)732-4574, (053)252-9114
팩시밀리 (02)734-4574, (053)252-9334
등록일 | 1999년 11월 11일
등록번호 | 제13-615호
홈페이지 | www.bookland.co.kr
이-메일 | bookland@hanmail.net

책임편집 | 김인옥
교　　열 | 배성숙 전은경

ISBN 978-89-7787-033-8 03810
ISBN 978-89-7787-034-5 05810 (E-book)

값 12,000원

문장시인선 12

짚불곰장어

김성수 시집

북랜드

시인의 말

언제부터인가 알 수 없는 그 무엇을 말하고 싶었다
그러나 거리낌 없는 표현이 쉽지 않음을 안다
내면의 소리에 귀 기울여 차가운 이성을 녹이고
데워진 가슴을 어루만져 길을 내어주는 시를
만난 것은 어쩌면 필연일지 모른다 저 멀리서
날갯짓하던 시가 무심코 다가와
지나온 삶을 되돌아보고 미래를 생각하게 한다
첫 시집을 내면서 감각과 정서를 바탕으로
성찰의 피를 주신 부모님, 늘 사랑의 에너지를
나누는 가족, 관심으로 지켜봐 주신 지인들에게
감사드린다

2021년 5월

김 성 수

차례

1

2

3

4

5

1

절벽 도라지

바람 타고 나비처럼 하늘거리다
번개가 허공을 가르던 어느 날
절벽 바위 속으로 빨려들어 왔다.
바위 한 덩어리 품에 안고
그날의 붉은 해를 먹고
비릿한 바다 내음에 취해
저녁노을 타고 거닐다
달빛을 덮고 새벽을 기다린다
때로는 가파르고 외롭게 보일지라도
나는 이대로 편안하다
오래전부터 시간은 멈추고
고독과 두려움은 그대의 몫이다
늘 깨어 있지 않으면
만날 수 없는 우리의 인연은
하늘만이 알고 있다
창백한 화선지에 힘찬 한 획 그어 놓고
아 한 조각 우주에 비껴 선 경허의 넋이여

타오르는 불길 속에서 오늘도
시커먼 구렁이를 배에 두르고
깊은 오수午睡에 빠져 있는가

*경허鏡虛 : 한국 현대 불교의 대선사

윤회輪回

숲속을 산책하던 칸트의 영혼이
하늘에서 쏟아지는 별을 안고
비명을 지르다가 눈 덮인 히말라야 정상에서
잠시 숨을 고르고
빙하수 따라 바닷속 깊숙이
용왕을 배알한 후
거대한 고래로 환생還生하니
검푸른 창해滄海는 고래가 내뿜는
물기둥의 파편으로 비가 내리고
칸트의 숨결이 깃든 비는
뜨거운 사바나를 적셔 임팔라는 살찐다
야심한 보름달 밤 광막한 초원 한가운데
죽은 고목 등걸 위 걸터앉은 표범은
꼬리를 축 늘어뜨린 채 허연 송곳니를 드러내고
임팔라를 씹고 있다
고독한 표범의 송곳니가 반사하는 달빛을
한 줌 모아 나는 홀로 시를 쓰고 있다

되새김질

수억 년을 되새김질한 저 벚꽃
올봄에는 왜 연보라 눈꽃으로 보일까
태양의 거친 숨결이 삼킨 봄빛
속살 터진 꽃들 아래
뻥 뚫린 뇌의 어두운 터널 안에서
내일을 서성이는 백발노인은 발아래
떨어진 꽃송이를 파고 있는 벌을
두 손에 가두고 경탄에 찬 눈빛으로
유년을 되새김하고 있다

먼발치에서 나는
흐릿한 되새김을 시작하고

히말라야 설산 한 뼘 초원 햇살 아래
되새김질하는 산양의 두 눈을 감겨 주던
바람 그 바람

오늘 여기서 긴 손을 뻗어
되새김하는 노인의 정수리를
하늘거리며 어루만지고 있다

25시의 왜가리

마음씨 좋은 친구와 소찬素饌을 하고
공자를 읽고 고수와 수담의 끝
25시의 하루

해 질 녘 강변의 왜가리
뾰족한 부리를 세우고
수면을 응시하는 외발 자세
엄격한 만찬의 몰입

하늘을 품은 왜가리
이미 석양을 삼켜 버렸다

바람 부는 설산의 능선에
두려움 떨치고 외발로 선 그
허물어진 경계에서 부활하는 혼불

* 소찬 : 고기나 생선이 들어있지 아니한 반찬

마지막 단추

지리산 하늘을 천천히 거닐다가
옹기종기 서당의 연둣빛 돌아나면
보따리 풀어 서책書冊이 되고

산골짝 흰 구름의 측은한 마음
절뚝이는 고라니의 부목副木이 되어
오던 길 돌아보며 미소 짓는 이

홀로 어둠 속 떠도는 넋에게
별빛의 미래를 암시하던 그

바람에 긴 옷자락 휘날리지 않아도 좋다
구부러진 박달나무 지팡이는 없어도 그만

그윽이 품고 있는 마지막 단추

거목 심장으로 서다

팔공산 중턱 파계사 옆구리에 걸쳐진 찻집
휘어진 용송龍松의 물결 도도하고
고추잠자리 떼 온종일 허공을 맴돈다
차향에 취해 보이지 않던 그곳
가는 다리를 건너 비로소 다가간다

절벽에 가파르게 기댄 느티나무
천년을 숨 쉬어 온 뻥 뚫린 검은 등걸
할 말이 너무 많아 속 비워 이끼 낀 입술
아직도 세음世音을 듣고 있는 버섯 귀
슬픔을 삭이고 다 주어도
채워지지 않는 어머니 가슴
깨달음을 위해 한쪽 팔을 잘라 버린
혜가慧可의 꺼멓게 타버린 심장
사라진 사지 육신으로
우뚝 선 해탈 나무
셀 수 없는 천둥 번개의 바람길에

소복이 매달린 푸른 잎사귀 뒤에서
한없이 부서지는 태양

나는 조용히 두 손을 모으고 두드린다
실개천 위를 하염없이 배회하는 고추잠자리 뜻을

* 혜가慧可 : 중국 남북조 시대의 승려, 달마의 법을 이은 2대 조사
* 세음 : 세상의 소리

나목裸木이 담쟁이를 보네

시월의 끝자락에
발가벗은 나를 돌담에 새겼다
붉은 잎사귀 몇 알을 바람에 매단 채
아픈 사랑을 돌 속에 묻고
바위를 껴안은 유월은 풍성했다
한 땀 한 땀 검은 돌에 수놓아 다다른
고개 넘어 마주한 세상의 빛에 눈부셔
허공으로 날려 보낸 젊음은 간데없고
고분의 벽화로 깡마른 넝쿨

여태껏 나목은 알지 못했다
그것이 자신의 전부임을

문득 노을에 비친 그림자 앞에서
나목은 본다 영혼의 내세來世를
그리움이 밀려오면
나목은 꿈꾼다 봄의 연두를

솟대

바람이 불어도 꿈적 않고
쪼그리고 앉아 얼어붙은 복슬이
뚫어져라 한곳만 응시하고 있다
가는 소리에도 두 귀가 쫑긋해진다
아무리 기다려도 그는 오지 않고
굶주림은 잊은 지 오래다
버림받은 줄도 모르는
충직忠直의 맹목盲目은
한낱 어리석음일 뿐인가

저미는 가슴에 어둠살이 깔리면
먼 산을 향하는 솟대의
기억 나은 디귿 리을 사이에
서서히 달이 박힌다

명리 입문命理 入門

돛대 위를 훨훨 날던 갈매기의 추락에
무인도는 비릿한 물내음에 휘감겨
난파선에 달라붙은 해초
시커먼 옹이가 되었다

별빛 마시고 달빛에 물들어
표류하던 검은 새의 눈에
기적처럼 번득인 섬광

젖은 방황과 깊은 물음이
자아낸 성찰의 등불

셀 수 없는 백야白夜의 진통은
기어이 은하수에 좌표를 찍는다

죽음의 칼날을 무수히 넘나드는
요양병원 숨소리는 가파른데

창공의 푸른 별을 멍하니 쳐다보다
바람 부는 대숲에서 건져 올린 한마디에
온몸을 맡긴 채 터벅터벅 사막을 건너는
사내의 등 뒤에서 부서지는 은빛 파도

해거리

세모의 티브이 안에 연어가
허연 배를 드러내고 떠 있다
바다의 알을 품고 고향 냄새 따라 다다른
샛강의 상처는 파헤쳐진 모래톱만큼이나 깊다
동시에 입을 딱 벌린 암수의 전율은
새 생명을 위한 임종臨終이다
평생을 흡수한 여울이 짙어지면
알 깬 새끼는 바다를 안고 떠돌다
이렇게 다시 어미로 떠오르리라

바이러스에 밀린 새 아침 찻집 모퉁이
잔을 울리는 아이의 청량한 목소리
행복은 늘 설레고
긴 대나무 매듭짓는 해거리는
이미 세모를 향하고 있다

신축년 정월 초하루

잔잔히 흐르는 햇살 아래
눈을 감고 되뇐다

죽기 위해서 사는가
살기 위해서 죽는가

환環 속에서

흰 머리칼을 바람에 나부끼며
노부부가 강변에서
원을 돌리고 있다
마주 보는 엷은 미소는 말이 없다

이리 돌리고 저리 돌리고
좌로 돌리고 우로 돌리고

여태껏 세월의 환 속에서
이리 갔다 저리 갔다
슬퍼도 기뻐도
좌로 갔다 우로 갔다

때 이른 낙엽만
정수리를 비껴가는데

오늘도 노부부는
좌로 돌리고 우로 돌리고
우로 돌리고 좌로 돌리고

불이문不二門

강물에 발을 담그고
강섶의 난초꽃이 울고 있다

범람하는 격정도
엄동설한 얼어붙은 열정으로
남몰래 벼려온 칼날

샛노란 네 꽃잎이
밤이슬에 젖는구나

너의 숲에 몸을 숨긴
잿빛 왜가리 하나
한 끼를 위해 몰입에 빠져 있다

별빛은 허공으로 한없이 쏟아지고
어디선가
은은히 울리는 범종소리
불이문을 빠져 나오고 있다

가지치기

새벽부터 누가 플라타너스 가지를 치고 있다
길 위에는 녹색 파편들이 수북하다
하룻밤 새 플라타너스는 키가 훌쩍 커버렸다

팔다리를 잘라버리고
가슴 한 조각마저 도려낸 사내
가파른 바위 끝에 가부좌로 앉아
두 손을 모으고 눈을 감고 있다

아픈 회한悔恨을 계곡물에 흘려보내고
나를 찾아 산이 된 그는 이따금
가슴에 묻어둔 얼굴을 구름 위에 띄워본다

앞뜰에 우주를 심어 놓고
산삼과 약초를 씹으며
건너 대숲이 우려낸 바람을 마시는 그는
늘 충만하다

달을 안고 날으는 기러기 떼 바라보며
찰나의 시상詩想에 현기증을 느끼며
형형炯炯한 눈빛이 달빛에 번득일 때
별에 시를 새기고 천천히 돌아눕는다

짚불곰장어

맛 찾아 파고든 뒷골목에서
용암이 구운 공룡 고기는 구수했고
천둥이 고아낸 용꼬리 탕은 얼큰했다
자작나무 껍질 두르고 용궁을 지키는
민어 아가미 살도 샅샅이 발라먹고
아득한 봉황 알은
번개에 튀겨져 매끄러웠다
하늘 목로주점에서 만난 북극성과
수억 년 묵은 김치를 씹으며
신선주 한 사발 들이켜고
이윽고 다다른 양념 볶은
자갈치 곰장어를 마주하니
온몸을 불사른 볏짚의 맛이
어머니 같고
칼칼한 소주가 스며들수록
보인다
힘차게 요동치며 깊은 바다

모래 속을 파고드는 장어와
볏짚 속에서 잠자던 곰팡이까지
다 아른거린다

태양을 먹고 바다를 마신 나는
봉인된 가슴이 열리고 희뿌연 시야에서
서서히 떠오르는 얼굴 지야 진이

이제야 나는 안다
그토록 애타게 찾아 헤맨 것이
사랑이었음을

알갱이

개나리꽃의 샛노랑이 늘 궁금했는데
오뉴월 땡볕 아래 수많은 더듬이 손이
빛 알갱이를 모으는 것을 우연히 보았다

용송龍松의 가지마다 매달린 뭉게구름의 선율도
뾰족한 잎 알갱이들의 응축임을 이제 알겠다

그렇다
깨달음의 심연에 수북이 쌓인 망각의 퇴적물도
돌아보면 모두가 아픈 기억의 알갱이들이리라

미친 더위에 한없이 떠밀려
북해도 온천 검붉은 핏속에 나를 담그니
저 깊은 데서 솟구치는 물 알갱이들이
슬며시 경계를 허물고
별들의 눈물에 젖은 청색 밤하늘
코끝을 간질이는 생경한 바람 알갱이

오호츠크 바다를 회귀하는
연어의 울음소리 아득한데
아 까닭 모를 이 슬픔의 알갱이는
어디서 무엇인가

오유지족吾唯知足

태양의 닦달에 들볶인 신천
드디어 허파를 드러내다

열린 강바닥에서 허연 배를 뒤집고
파닥이는 피라미들
물웅덩이에 갇혀 아우성이다

잔칫상을 마주한 오리 떼
갈팡질팡 우왕좌왕 뒤뚱뒤뚱
이리저리 물었다 놨다
영 실속 없는 넓은 주걱부리

그러나 저편의 왜가리 한 마리
회색 깃털 드리운 곧은 자세
지천에 널린 것 본체만체
웅덩이 하나만 가만히 응시하다
뾰족한 부리로 콕 찍어 삼키다가
푸드득 날아오른다

노을 속으로 사라지는 왜가리
날개깃에서 반짝이는 멋과 맛
황혼에 젖어드는 무심無心

*오유지족 : 스스로 오직 제 분수를 지키며 만족할 줄을 앎

떠밀리는 것

간밤의 태풍에 밀린 신천은
미친 흙탕물이 뒹굴고 있다

비 갠 오후 요양원 뜰에서
손녀는 백발 할매의 휠체어를
무심히 밀고 있다

다가올 자신의 의자를 밀고 있는
소녀의 미소는 그저 해맑다

맞은편 정자에 걸터앉아
걷지 못하는 노모老母에
젖은 눈길 주던 초로初老의 아들도
이제는 안타까움을 천천히 밀고 있다

원색의 채송화가 낮게 깔려
작게 반짝이는 뜰에는
주황 천사꽃이 고개 들어

흘러간 노랫가락을 허공으로 밀어내고
산 너머 뭉게구름 하얗게 밀려 오르는데
너와 나는 어디쯤 떠밀려 온 걸까

태풍이 남기고 간 시詩

땅을 만난 빗방울이 콩 타작을 한다
솔잎 바늘은 일제히 곤두서서 폭우를 뚫고 있다

번개를 흡수한 나무는 타는 가슴으로
서서히 검은 몸을 부풀린다

이윽고 천지가 범람해도 산기슭에 우뚝 선
소나무는 익사하지 않는다
광풍이 후려쳐도 부러지지 않는다
굽은 허리 슬쩍 누일 뿐

따가운 햇살 먹고 찬 눈에 뒤덮여
침묵으로 모은 끈적한 진액으로

기다린다
어느 순간 확 타올라
아무것도 남김 없는 영원한 소멸을

그러나
집착은 여전히 손아귀를 맴돌고
해탈은 아득한 허공에서 가물가물

꼬치

밤하늘 가르던 혜성이
인연 나무 그루터기에 부딪혀
시간 속으로 튕겨 나왔지만
그 목적지를 아는 사람은 없다

뜨거운 세월의 불판 위에서 빙빙 돌리다가
누렇게 굳어버린 양꼬치처럼
텅 빈 정수리 위로 낙엽이 휘날릴 때
주름살 깊게 패인 가을 들녘에 서면
시린 그리움이 되리라

먹구름 녹아든 꽃가루는 천둥에 터지고
천식 발작을 하는 우리는
서서히 숨이 가빠지는 것이다

마침내 싸늘한 눈발이
그대의 얼굴을 후려칠 때
미련 없이 긴 터널 홀로 걸어가는 것
저 멀리 하얀 불꽃이 번쩍이면
두려움 떨치고 스며들 수 있을까

2

설산에서 꽃핀 산삼과 빙어

심마니의 흰 수염이 눈발에 휘날릴 때
팔순 노모의 무르팍은 천근만근이 된다

하늘 약을 찾아 온종일 설산을 헤매다
해 질 녘에야 산신령을 만난다

어머니를 가슴에 품은 산삼은 어쩌다
아내의 뱃속에서 뿌리를 내린다

허탈한 남편의 섬은 분노로 이글거리고
서운한 아내의 죄스런 섬을 거쳐
성찰의 섬에서 비로소 알게 된다

우연히 뚝 눈발에 떨어진 선혈鮮血은
더욱 붉고 깊숙이 스며들어 그림자는 없는 것

마침내 어부가 된 심마니는

얼어붙은 강심에서 빙어를 걷어 올린다

시뻘건 초장 뒤집어쓴 빙어는
아내의 입속에서 파닥이고
바라보는 노모는 가볍고
지아비의 가슴은 깃털처럼 포근하다

겨우살이와 겨울새

깊은 산 고목 꼭지에 둥지처럼 걸려 있다
한겨울 칼바람에 살을 에고
천지가 백설에 파묻힐 때
청포도 열매를 달고 겨울새를 부른다
하늘과 맞닿은 접점에서 별을 보듬다가
외로운 새의 기갈을 달래준다

부리가 가려운 겨울새
검은 가지에 몸을 부비면
별꽃은 하나씩 피어난다

하지만 품을 수 없는 꿈은 허망하고
깃들일 수 없는 몸짓은 쓰라리다

사랑을 모르는 너는 쉼 없이
별꽃을 피워내지만
떠나간 겨울새는 다시 오지 않고
오로지 별빛만 어둠 속에서
홀로 글썽이네

모정 1

바다제비의 꿈은
남태평양 해초에 피 같은 침 묻혀
동굴 천장에 동그마니 붙어있다

알 깨고 나온 새끼는 창공을 날아오르고
온기 남은 빈집은 허물어져
황제의 혀끝을 찌르니

매혹의 그 맛이
어미 새의 감미로운 사랑이라면

지나가는 바람이 알려준
파 뿌리의 물컹한 맛이 익어갈 즈음

주름진 어머니의 굵고 거친 손마디로
푸른 근대줄기 뚝뚝 끊어 넣고 끓인
그윽한 토장국이 마냥 그리운 것은
사랑의 아픔이런가

모정 2

햇살 가득한 요양원 뜰
풀씨 쪼는 노란 병아리들

흐르는 구름이 해를 가릴 때
날갯죽지 깊숙이 파고들자
어미 닭은 스르르 눈을 내린다

먹먹한 내 가슴
흐르는 구름 되니

비로소 열리는
쪽빛 가을 하늘

모정 3

수십 년을 세워둔 에어컨과 이별하는 날
더운 바람과 시멘트 벽 틈새에서
웅크리고 앉아 알 품는 비둘기
어수선한 기척을 짐짓 모르는 체
바위처럼 흔들림 없는 자세다
돌발 상황을 인정하지 않는 눈빛
수정처럼 맑고 깊다

작업 인부의 갈등의 시간이 지나고
수직 낙하한 알
깃털 몇 조각만 흩날릴 뿐
숲속 어디에도 보이지 않는다

유산을 하고 허공을 한 바퀴 빙 돌다
어디론가 가버린 잿빛 비둘기
지금쯤 어디에서 부활의 꿈을 꾸는가

서늘한 바람 속 아직도
가슴 저미는 그날의 그 빛

벽 속의 아이

- 베이비 박스

초저녁 서녘 하늘에

초승달과 샛별이 가지런히 붙어있다

심장을 벽 속에 넣고 돌아서는 철부지 에미

휑한 골목 어귀 까마귀 낮게 울고

남겨진 생명의 가슴팍에 비수처럼 꽂힌 인연

하얀 밤을 보낸 소녀

새카맣게 타버린 가슴을 쥐어짜고 있다

우주 영혼이 보랏빛 별에서 잠시 머문 곳이

뻐꾸기 둥지인들 어떠랴

불빛 따라 가는 혼

누더기 걸치고 검은 사막 걸어간들

외로울 리 있으랴

나는 새는 떠나온 둥지를 탓하지 않고

유영하는 물고기는 물속 산을 오르려 하지 않는 것

슬픔의 강을 건너

햇살 눈부신 초원에서 탄생한 푸른 별이여

그 아이의 둥지

야윈 소나무 꼭지에 걸린 둥지에 자꾸만 눈길이 간다
드론 띄워 탐색한 둥지는 새들이 떠나고 텅 비어있었다
이른 아침 새알처럼 가지런히 누워 너를 떠올린다

홀로 핀 달꽃인 양 어둠에 묻혀 해쓱한 아이
어젯밤도 하얗게 새벽을 깨트린 아이
들꽃으로 피어나 이마에 샛별이 박힌 아이
아무것도 가질 게 없다던 아이
젖은 눈을 반짝이며 시詩 울림에 쫑긋하던 아이
하릴없이 찬찬히 두드리고 싶은 아이

아이야 네 가슴은 무얼 품고 있나
오늘도 올려보는 너의 빈 둥지

고수

그녀는 특별하다
자신을 사랑하는 손길이 섬세하다
삶의 한 모퉁이만 응시하며
날개를 쉬지 않고 퍼득인다
덥수룩한 내 머리칼이 성가실 때마다
핏속에 녹아든 칠순의 세월이 빛난다
듬성듬성 척척 은빛 가위가
허공을 가르면 새롭게 나는 피어나고
거울 속에서 내가 나를 빤히 본다
참빗으로 훑어내도 사라지지 않는
번뇌의 지푸라기가 잘려 나가고
선득해진 뒷덜미에 맑은 시간이 흘러
온종일 동행하는 잔잔한 미소
늘그막에야 알 것도 같다
산사 스님의 정수리가 반짝임을
흐르는 먹구름도 머물지 못하고
자랄수록 밀려야 하는 아픔을

아내의 어금니가 흔들리네

길게 눈을 찢는다고
세상이 잘 보이는 것은 아니다
칼날로 콧날을 오뚝하게 세운다고
당신의 자존이 우뚝 서는 것도 아니다
립스틱으로 아무리 붉게 바른다 해도
그대의 작은 불씨가 타올라
마그마가 될 수는 없다

어느 날 바람결에
환갑 아내의 흔들리는 어금니 앞에서
나는 잠시 주춤거린다
둥글게 닳은 뿌리 끝에 투영되는 청춘의 꽃 잔영
녹아내린 뼛속에서 아이들 얼굴이 반짝이고
찰나의 순간 흔들리는 빈자리를 스치는
아린 슬픔 하나

평생을 지탱해온 꽃 뿌리를

이제는 서서히 내려놓을 때
그리움이 이별한 허공을
무엇으로 채워야 하나
펄떡이는 내 심장에 묻는다

지리산을 품은 금강 선인장

사막에서 꽃피운 금강 선인장은
뙤약볕 아래서도 오아시스를 그리워하지 않는다

가시덤불 헤치고 허리를 감돌아 다다른
선인장의 정수리는 식은땀을 흘리고 있다

구름 속에서 구름 꽃을 보니
빛바랜 사진 속 목각 곰은
가슴에 하얀 반달을 달고 숲으로 사라지고
너와 나의 얼굴이 꿈결에서 출렁인다

달궁 무사 넋 녹은 뱀사골의 거친 물살은
시인의 푸른 혼을 띄워 아래로 달린다

연꽃 향기 그윽한 실상사 뜰
마주하는 두 그루 나무
백일홍百日紅 백일백百日白

하늘 덮은 희고 붉은 꽃잎 아래
소복 여인은 두 손을 모으고
부처는 빙긋 웃고 있다

한바탕 소나기가 애타는 이날
박 도사의 산신령은
해진 밀짚모자 푹 눌러 쓰고
어느 강변에서 세월을 낚고 있는가

운명

안경을 갖고 싶은 아이
엄마를 졸랐다네
울다 지친 네댓 살 아이는
자학을 빼물고 온종일
이발소 앞에 쪼그려 앉아
뱅뱅 도는 동맥 정맥만
바라보았다네

뜻을 이룬 아가씨
검은 뿔테 안경 장착하고
한껏 멋을 부렸었지

붐비는 어느 봄날
세상이 빙 돌아 토하며
정신 줄 놓았다네
놀란 명의가 탐색해낸
망가진 시신경이

수십 층 유리알을 포개
콧등에 놓았다네

자신의 선택 앞에
콧등이 무거워도
비틀린 눈빛으로
가야 하는데
비록 멍에라도 어쩌랴 차라리
동반자로 웃고 가려무나

그러게 아이야
뜨거운 피는 가슴으로 보는 거란다

민들레꽃 뿌리

강풍에 뿌리 뽑힌 돌미역
파도가 되어 해변을 줍고 있는
아낙의 이마에
노란 꽃 동그랗게 피었다

제철소 불꽃이 할퀸 바다
눈먼 갈매기 박제가 되어
방파제 깊숙이 박혀 있다

사월의 바람이 싸한 길섶
조그만 민들레꽃
돌을 뚫고 있다

유년에 캐어본 민들레
길게 뻗은 수직 뿌리는 경이로움이었다
아이의 호기심이 민들레의 혼을 깨워
사랑의 깊이를 본 그날 후

뇌리는 노랗게 물들어

가던 길 멈추고 되돌아보는 꽃

뿌리가 깊을수록 작고 진한 꽃

내 얼굴의 뿌리를 고민하게 하는 꽃

허공으로 온몸을 가늘게 펼쳐

때가 되면 말없이 백발 풀어

바람이 되는 꽃

두 눈 감고

그 뿌리의 종착지를 더듬어본다

응어리

간만에 만난 그녀
삭신이 쑤시다네
가슴을 파고드는 해쓱한 얼굴

서른에 지아비를 하늘로 보내고
생을 부둥켜안고 하염없이 달려온 시간들
산노루 되어 언덕배기 노을에 비껴 서니
온 누리가 아프다
첨단 의술에도 민낯을 보이지 않는 외로움

스산한 바람 부는 텅 빈 겨울 들판에
노을은 불타고
그리움의 응어리만 덩그러니 남아
가시가 되었구나

밤마다 가시는 다시 돋아나고
불타는 노을보다
그녀의 응어리는 더욱 검붉다

마음의 꽃

뜰 한편에 눈길이 간다
다 핀 송이처럼 벌들도 외면한
분홍 꽃잎을 떨구기 위해
늙은 꽃은 안간힘을 쓴다

생각은 멍하니 허공을 떠돌고
귓전을 울리는 탄성에 돌아보니
그녀가 두 눈을 동그랗게 뜨고
처진 꽃잎에 생기를 불고 있다
어제께 건강검진에 산뜻해진 마음에
뜰이 들썩거린다

삶과 죽음이 교차하는 뜰에
아름답게 부활하는 것은
그녀의 예쁜 눈인가
마음의 아름다움인가

헷갈리는 하루의 시작에
따가운 햇살이 뜰에 깔리고
처진 마음은 서서히 창을 연다

간들 어떻고 온들 어떻노

소나무 그림자 어룽대는 초 유월 오후 네댓시쯤
요양원 정자에는 바람이 서늘하니
할매 셋이 담소를 하고 있다

할매1
"내가 일전에 우리 아들하고 점심 묵고 이 근처서
 코피 한잔하다가 여기 숲속이 하도 맴에 들어
 달도 보고 별도 보며 살라꼬 왔던 기라
 내 죽거들랑 저 소나무 그늘 아래 묻어 달라 캤는데
 갈수록 맴에 드는 데라
 허허 공기가 얼매나 좋노
 세상 살아보니 별건 없고 배도 출출하니
 이제 저녁 무로 가자 마"

할매2
듣는 둥 마는 둥
시큰둥하게 툭 던진다
"간들 어떻고 온들 어떻노"

할매3

하얀 귀밑머리 바람결에 날리며
두 눈만 끔뻑끔뻑

몇 마디 거들던 나
이마에 흐르는 머리칼 훔치니
가슴이 찌릿하다

목침에 눕다

목침을 베고 정자 지붕의 속살을 본다
대패에 밀린 나무 물결이 깊게 흐르고
옹이의 가슴에는 별빛이 고여 있다

불어오는 바람에 우주를 실어
명리命理를 생각한다
오행성五行星을 가늠하고 강약强弱을 살펴
다듬어진 조후調喉로 중화中和를 본다

수水가 왕旺한 계절에 목木은 이슬을 머금고
솔향기 은은하니 달빛이 창연敞然하리

딱딱한 목침의 동그란 홈 속에
나를 담그니 뒷덜미가 아늑하다

오호 이상하지 않는가
차가운 돌 속 불꽃
따스한 미소 속에 봉인된 고수의 칼날

미세하게 흐르는 거목의 잔가지 맨 끝

* 오행성 : 수성 금성 화성 목성 토성

* 명리 : 하늘이 내린 목숨과 자연의 이치

* 조후 : 오행의 온열 상태를 알아보고 조정하는 것

* 중화 : 서로 다른 성질의 것이 섞여 조화를 이룬 상태

* 창연 : 드높아 시원스럽다

* 왕旺 : 왕성하다

흐르는 백일홍

새벽이슬 따라간 향이 할매의
또렷한 눈매
홍등을 사랑한 정아 아지매
온종일 징징 거린다
석학을 길러낸 백수白壽 노장老將
하얀 시트 위의 초점 없는 눈동자
그의 촛불이 가물거리고 있다

해지고 삐걱거리는 의자에는
붉고 푸르던 그들의 청춘이
오롯이 걸려있다

돌이킬 수 없는 흐름에
옷깃을 여미고
문을 나서니

뜰 앞 만개한 백일홍
소리 없이

부슬비를 맞고 있다

한 점 바람 없는데
가늘게 떨고 있는 꽃잎은
젖어있다

* 백수 노장 : 99세의 경험이 많고 노련한 사람

분수

깊은 강 물속 용이 솟구쳐 하늘을 나니
비늘 끝에 맺힌 오색 무지개 영롱하다

더 높이 영원히 날고픈 마음은
먹구름 속에서 번득이는 번개에
눈물지며 낙화되어 흩날리네

바람 타고 질주하는 백마의 갈퀴를
부여잡고 있는 인생아
눈먼 집착으로
허공에 배 띄워 노 저어 무엇 하리

휘 바람 불면 꽃잎은 지고
향기 품은 낙화는 학이 되어
구름 너머 하늘이 되고 허공이 되고

3

능소화

향기도 없고 화려함도 없다
넝쿨에 매달려 별을 품어
금술을 밀어 올릴 뿐
고택古宅의 우아한 지붕 선을
타고 내려와
처마 끝에 매달린 풍경風磬으로
바람에 울먹이며
종부宗婦의 멍든 가슴을
보듬고 있다

치마허리 질끈 동여맨 채
감물 들인 적삼 소매
걷어붙이고
핏빛 사랑으로
우물에 얼굴을 묻어
두레박 가득
능소화를 길어 올리는 어머니

타는 노을 속에

굴뚝의 저녁연기는

파랗게 피어오르고

* 종부 : 종가의 맏며느리

유통기한

싱크대에 우유를 쏟아붓는다
살짝 지난 기한의 아쉬운 유혹에도
나의 강박은 타협이 없다

시간은 여전히 창을 두드리고
밤하늘의 별들은 총총 길을 재촉하건만
그들은
탐욕과 분노의 어리석은 장막 속에서
임박한 기한을 망각하고
비릿한 내음 속에서
달빛 아래 가지런히 누워있다

그렇다
생명의 아픔이란 유통기한이 없음이요
슬픈 것은 차가운 운명 앞에
맨몸으로 서 있다는 것

바라건대
비가 억수같이 퍼붓는 밤이면
해묵은 갈등과 다가올 분노마저
깡그리 쏟아 버리고
홀가분하게 시를 쓰고 싶다

시인

어두운 술잔 위로 울먹이는 색소폰
흑백 사진 속 유년의 고독은 창백하고
낮술에 젖어 흐느적거리던
젊음의 뒷길에서
허공에 뱉어낸 수많은 한탄은
생명의 칼춤으로 승화昇華되니
몰입은 땀에 젖고 시간은 증발되어
어느덧 잦아진 춤사위 뒤
바람이 선선해지면
거친 물살에 깎이고 다듬어진
물돌은
갈등과 번민의 항아리 속에서
수십 년 걸러진
술 향기에 휩싸인다
듬직하게 바라보는 주름살 위로
까마득히 흩어지는 꽃잎들
동트는 새벽

창가를 울리는 깊은 종소리

설레는 가슴으로 맞이한다

차가운 백설이 천지를 덮을 때

홀로 피는 매화 한 송이를 위해

강가에서

물새가 수면 위로 낮게 날고
솟구치는 물고기 은비늘이
석양에 번득이면
아득히 피어오르는 저녁연기

황혼 구름 밀려나
어둠 속 갈대가 달빛에 어룽대면
강은 별을 품고 심호흡을 한다

무심한 바위는
물거품을 게워내고
소용돌이치는 열정은
범람으로 허무하다

그리운 영혼
강물 따라 흘러 바다에 이르면
마주할 수 있을까
그들은 모두 어디에 있는가

침묵의 강은 더 이상
소유하려 하지 않는다
구름 타고 흘러 은하수로 가리라

꽃

너는 두 팔 벌리고 서 있다
태양빛에 바래어 어둠이 내리면
별빛 먹고
여명의 이슬로 부활한다
벌 나비가 속을 헤집어도
언젠가는 비바람에 절명할지라도
그저 붉게 웃고 있다

아려오는 사랑에
  밤을 적시며
홀로 남은 적막에
  고개 숙여
몸을 흔드는 바람에
  등을 맡기고
긴 기다림에
  야위고 비틀어져
남루한 옷

미련 없이 떨구고 나면

빈손에
오롯이 돋아나는 까만 생명
오묘한 우주의 빛이여

알레르기

연중행사다 입추와 처서 사이
해마다 이맘때쯤 어김없이 문을 두드리는 불청객
콧속이 마르고 입천장은 따끔거리고 눈이 근질근질
재채기한다 풍성한 시간이 지나고
다가올 가을소리에
귀 기울이라는 하늘의 손짓

인생의 가을 문턱인가
성글지 않은 그물이 쳐졌다
말이 앞서고 행동이 따르지 못해 믿을 수 없는 이
나는 멀리한다
탐욕의 소금밭에 뒹굴어 베풀 줄 모르는 사람
나는 피한다
앞뒤가 꽉 막혀 숨 쉴 수 없는 존재
나는 되돌아선다

그물에 걸리면 즉각 반사되는 재채기
파랗게 숨 막히는 천식 발작
참 무서운 알레르기다

마른 꽃

꽃이 지는 것은 순리順理다
화려하게 부풀던 꽃잎도
바람 지나가면
하나둘 떨어지는 것

핏기 없는 소녀의 애달픈 사랑이 떠난 자리
붉은 동백이 송이째 떨어진 바닷가 언덕
태풍이 몰아치던 어느 날 새벽
설렘 가득한 꽃밭을 잃었다
벚꽃 만발한 한때의 봄 길에서
잃어버린 그

그래도 시간은 무덤덤하게 흐르고
미술관 하얀 벽에 걸린 대팻날 틈새에
투영된 예수의 잔영殘影을 본 그날
허름한 찻집 벽에
거꾸로 매달린 흑장미 몇 송이
바스라질 듯 바싹 마른
거역拒逆의 장미
하나둘 슬픔은 피어나고

까치밥

저녁연기 피는 마을 어귀 선술집에서
탁배기 한 사발 들이켜고 싶은 마음이
어디 취하고자 함이겠는가
비가 추적거리는 오후 비좁은 골목시장 그 할매가
평생을 부친 빈대떡이 생각나는 것이
출출해서뿐이겠는가
수백 년 묵은 책갈피 냄새가 그리운 것이
화사한 꽃향기가 지겨워서겠는가

어느 날 우연히 발길 닿은 유년의 골목길
휼쩍이던 찬바람도 아랑곳하지 않고
까맣게 구슬치기하던 곳
땅강아지 찾아 파헤치던 담벼락 밑 도랑
놀다 지쳐 나를 던져버린 정자나무 그늘
모두가 자취 없이 사라지고
눈 내리던 그날 빨간 장갑 소녀의 갸름한 얼굴만
홀로 남아 아른거리네

도시의 불빛이 삼켜버린 꿈속의 시간들
씁쓸한 커피 맛 속에서 아련히 떠오르는 빛
가지 끝에 아득히 매달려 가늘게 떨고 있는 홍시
선친先親이 남겨준 까치밥 하나

반짝임을 찾아서

먼 산이 눈앞에 다가오고 가는 선 위를 미끄러지는 차들
고층 건물 공사장에는 거대한 십자가가 진땀을 흘리고 있다
세상의 지붕을 내려다보는 나의 8층 바로 아래
유치원 꼭지에서 하얀 마스크에 갇힌 아이들이
두 손을 맞잡고 왔다 갔다 그들만의 꽃을 찾고 있다

꿈속의 햇살 가득한 초원
지평선에 뿌리내린 뭉게구름 하늘 끝에 닿고
한가로이 풀 뜯는 꽃사슴 가까이에
앙증맞게 피어나는 붉은 꽃망울

눈길의 초점이 해가 갈수록
멀어지는 것은
지나온 길이 가물가물해선가
가야 할 길이 아득해선가

칠흑 바다 한가운데 홀로 반짝이는 등대 불빛

거칠게 방황하는 나그네에게 길을 내어주는 별빛
검푸른 중천에서 타오르는 북극성

그렇다
끝없이 이어지는 나의 탐방이
밝음이 아니라 반짝이는 것이거늘

단풍

하얀 바탕에 흰 물감을 덧칠해도
먼지만 쌓일 뿐 더 하얗게 되지는 않는다
검은 하늘에 흰 천을 덮는다고
숨죽인 까망이 하양이 될 수는 없다

하양과 까망 사이 석류알처럼
알알이 박힌 찬란한 빛 조각들을 보라

수억을 피었다 시들고 다시 핀
생명의 저항 없는 몸짓
그대로가 빛나는 계절

젊음을 다 태우고도 남은 열정을
속으로 삭이고 붉게 타오르는 잎사귀

마른 낙엽이 얼굴을 스치는 이 가을
흰 머리칼 붉게 물들이며

가냘픈 허리에 두 손을 얹고
먼 산 바라보는 여인의
서늘한 눈매 끝에는
아직도 세월이 이글거리고 있다

김장 김치

한 뼘 햇살 아래 옹기종기 모인 아낙네
절이고 비비고 버무려 붉게 물드니
웃음 핀 막걸리 한 사발로 탄생한다

잘 구워진 장독 속
고추 마늘 파 생강 청각 비린 갈치대가리
꾹꾹 눌리고 포개져
고랭지 배추의 아픔과 인내는
이제 땅속의 긴 호흡이다
고독한 시련은 대지에 스민 어머니의 사랑으로
서서히 철들어간다

함박눈 펑펑 터지는 어스름
시래기찌개 끓는 식탁 아랫목
둘러앉은 가족의 얼굴이 붉은 국물에 젖을 무렵
얼음보다 찬 신맛은 길게 찢어져
구수하고 달달한 여운으로 거듭난다

포구浦口에서 마주한 옛 친구

마음은 이미 동해의 모퉁이에 닿아 있었다
포구의 눈빛은 과거로 향하고
수천 번 두들겨 맞고 벼려진 칼날처럼
붉은 청춘은 검은 바다에서 번득인다

파도는 술잔 속에서 울고
허물어지는 것은 술

끼룩이는 갈매기는 알리라
시간의 강물이 걸러낸 정을

이별의 아쉬움을 뒤로하고 휘어지는 강
어지러운 삶을 등진 길목 마을의 불빛 아래
그리운 얼굴이 하나둘 흰 머리칼에 서린다

차창 밖 낮게 걸린 초승달
오늘따라 또렷한 눈썹 달빛
시공을 초월한 그 빛
지그시 바라보는 어머니 눈빛

우리의 정도 그러하리

냉천 길의 붉은 잎

냉천 골 단풍을 흔드는 바람
햇살에 실려 오는 엄마의 혼불인가
그 한여름 해를 품던 널따란 돌팍은
땡볕 몰고 어디로 갔나
물길에 잠겨 어룽대던 하얀 손과 검은 눈
숲 그늘에 메아리친 그날의 앳된 소리
영원할 것 같은 날은 물 따라 가버리고
허공을 흔드는 붉은 상념 몇 잎

오 이타카의 별을 따러
깔딱고개 넘는 아이야
숨 한번 고르고 되돌아볼 것 없노라
그래 사랑을 품은 해밀의 아이야
가던 길 그대로 천천히 가려무나

힐끗 돌아보니
아내의 이마 잔주름 골에는

희끗한 머리칼 몇 알이

주르륵 흐르고

난간에 기대선 나

물속에 잠긴 텅 빈 정수리를

물끄러미 보고 있다

노교수의 울림

목이 타오른다고
바닷물을 퍼마실 수 있나
얄궂은 마음은 태산도 움켜쥘 듯
그러나 어스름 모래톱에 서면
가볍게 쥔 한 줌 허공

장강長江의 콧날
고산 샘을 찾아가는 길
번뇌를 거르는 가늘고 차가운 물소리
지나가는 바람만이 알고 있는 충만

한 세기를 증거하는
노교수의 검은 안경테 속
고즈넉하고 형형한 눈빛

소유는 목마름이요
존재의 가치는 등불이라

깊게 패인 법령法令을 흐르는 굵직한 울림

* 법령 : 관상에서 양쪽 광대뼈와 코 사이를 지나 입가로
내려오는 선

가까이에 단풍 소나무가 있다

신천 둔지 길목의 청춘 소나무 하나
지난 늦가을 갈색 잎들은 우수수 떨어지고
앙상한 가지마다 소복이 방울 매달고 있었지

그의 요절을 직감한
뜬금없는 내 생각
조장을 할까 풍장을 할까
아니면 매장을 할까
역시 화장이 깨끗하겠지

그러나 망각의 어느 봄날
놀랍게도 예견된 부재不在는
총총 달린 이파리로 우뚝 선 채
실바람에 하늘거리고 있잖은가

아하 그게 단풍이었나

검붉은 피 흘리고
환생한 네 모습에
나는 아려오는데 강물은
구름 안고 무심히 흐르고 있다

오호 경이로운 푸른 나무여
아침 햇살 얼음꽃이
눈부시구나

그 새

부스스 눈 뜬 아침
작은 새 하나 베란다에 갇혀
이리저리 푸득거리고 있다
햇살에 비친 눈빛이 창백하다
내 마음을 알 리 없는 새는
유리창에 머리를 박는다
겨우 품에 든 새의 심장은 파닥이고
떨리는 전율이 온몸을 휩쓴다
얼마 후 나를 떠난 새는
한참을 멍하니 있다가
어디론가 날아갔다

우연히 나는 보았다네
하늘과 맞닿은 산속 오두막 뜰
동틀 무렵 머리채를 뒤로 묶은
백발노인은 손바닥을 펼치고 서 있다
얕은 휘파람 소리에 숲속 새는

낮게 비상하며 한 바퀴 빙 돌아
손바닥에 놓인 낱알을 쪼고 있다
엷게 번지는 그의 미소 속에서
새는 자유롭다

아 도시의 어둠 속에 내팽개쳐진 채
내 손에서 가슴을 파닥이던 그 새는
어디에 있는가

그 새가 이 새인가
이 새가 그 새인가

환생이 있다면 이 새가 되고 싶다

어머니의 왕벚꽃

해마다 이맘때면
고향이 그리워 벚꽃이 애달파
은근한 눈길 주시던 어머니
오늘 나는 당신을 보고 있습니다
꽃 속에 깊숙이 박힌 당신의 미소가
밤의 보문호수를 깨우고 있습니다
왕벚나무 등걸만큼이나
굵은 당신의 손마디마다
탄생하는 맛들을 기억합니다
여윈 소맷자락에 휘감긴
양념 내음도 아련합니다
어디에 계십니까 당신은
때마침 아내의 하얀 이마에
꽃잎 하나가 하늘거리며 떨어집니다
멀리서 두견이 울고 있습니다
이미 나는 이곳에 없지만
유독 왕벚꽃 한 송이
눈물에 젖어 있습니다

불꽃을 쏘다

요양병원에 멍하니 누운 삶을 보면서
다가올 우리의 모습을 본다
붉은 노을에 어둠이 내리면
무엇을 생각하고 있을까
해답을 구하러
수없이 마음 동산을 오르내려도
나는 늘 원점이다
외롭게 홀로 왔듯이 별의 부름에도
고독하게 응해야 하는 것
얼어붙은 강심을 유영하는 빙어처럼
거리를 두고 서로 바라보며
땅속에서 얽혀 악수하는 자작나무 숲처럼
사랑을 위해 사랑을 버리는
작별 연습을 해야 하는 것

삶에 겸손하고 운명 앞에 지혜로운 이여
비록 한 줌의 재로 남을지라도
남김없이 가슴의 불꽃을 쏘아 올려라

산안개

그날따라 무거운 비 내려
오르지 못한 혜자의 혼이 머물러있겠다
엄동설한 뜨끈한 구들장에 서로의 발을 묻고
얼음 갈라지는 소리 담긴
웃음꽃도 피어올랐겠다
함박눈이 펑펑 쏟아지는 세모의 해 질 녘
소녀의 하얀 목덜미에 서리는 애틋한 그리움도
송이송이 맺혀있겠다
머나먼 방황의 모퉁이에서
번지는 한숨과 눈물도 분노에 얼룩져
하나쯤 걸려있겠다
때로는 우레 속 뒤엉킨 용들의 몸부림에
칼바람도 싸늘하게 불고 있겠다
창공에 펼쳐진 낙하산 끝머리에는
부활하는 하늘 꽃도
눈부시게 피어있으리라

보라 산안개는 장군의 붉은 휘장이 되어
관우의 수염처럼 길게 드리워져
산허리를 휘감고 있다

태양빛에 바래어 떠나고 싶지 않고
검은 비 되어 환속하기는 더욱 싫다

지나가는 바람에 흰 수염 내맡긴 채
칠부능선에 걸터앉아
삶의 언덕을 한없이 굽어보고 싶은 거다

4

틈새

나이 드니 이쑤시개가 필수품이 되었다
침입자와 잦은 승강이로 문이 된 틈새에서
불어오는 스산한 바람
립스틱으로 변신한 콧날 여인의 주름진 목덜미 위
웃는 틈새에서도 보이는 허무한 바람

흐르는 것은 다 허망하지만
흘러야 바다가 되고
열려야 하늘이 되는 것

몸부림친들 달라질 것 없으니
굳이 저항할 것 없노라

솟구치는 분수의 물방울 틈새에 매달린 무지개
폭포수 틈새에서 꿈틀거리는 경이로운 물거품
하늘 덮은 잎사귀 틈새를 뚫는 눈부신 태양
너와 나의 사이에서 일궈낸 핏빛 사랑

오늘 하루 노을 강변을 천천히 거닐어 볼까

풀꽃

뿌리째 뽑히는 잡초의 아픔을 딛고
이끼 낀 돌멩이 뚫고
마침내 꽃을 피웠다
비바람에 쓸리지 않고
햇살 아래 남은 초롱한 눈망울
길섶의 풀잎으로 가지런히 누워
아늑한 향기로 이팝나무 아래 잠든
영혼을 어루만지고 있다
밤이 되면 초원의 이슬 달고
사막별의 기갈을 달래주다,
바람 타고 절벽 꼭지 소나무 발치에서
별이 되어 하늘 다리를 건너간다

아 언제부터인가
내 요동치는 심장의 뜨거운 핏속
수련처럼 떠 있는 풀꽃 하나

기간제 홀아비의 어느 하루

멍하니 허공을 떠다니다가
생기 주는 딸내미 목소리에
바둑 삼매경이라
끝없는 승부의 칼끝에
흩어지는 상념 찌꺼기
파김치 육신에도
정신은 더욱 맑고

한참을 내달린 신천변에
비지땀이 흥건하니
기울이는 거품 술잔에
바보상자가 나른하다

유럽 간 마누라가 선사한
마터호른 만년설은
손아귀에서 빛나고
터진 용암에 하와이는 팥죽처럼

펄펄 끓고 있다
뜨거운 가슴팍에 채널을 돌리니

수없는 밤을 까맣게 태운 노파가
민통선 너머 바다를 지그시 응시하며
눈시울을 붉히고 있다

풍선 날리기

풍선을 날리자 높고 푸르게
새 희망을 팽팽하게 날리자
오만과 위선의 허풍선은 접고
구름 뚫는 새를 날리자
허전한 마음에 한껏 불지 말자
널린 파편만이 쓸쓸하니까
부질없는 키 재기로 아득해지면
감당키 어려운 후회의 내리막길

텅 빈 운동장 고목은 그대로인데
풀잎처럼 띄워 보낸 그날의 꿈은
어디에 있나

이제는 띄우자
살랑이는 바람에 두둥실 떠다니다
외진 골목 어귀에 사뿐히 내려앉아
낙엽처럼 뒹굴다가
아이의 발길질에도 깨지지 않고
슬쩍 날아오르는 시詩풍선을

행복인가

유월의 녹음 속에 검은 가지 꽂혀있고
화폭의 여백은 뭇물로 가득하다
가늘게 보이는 강변의 백일홍 붉고
이팝나무 꽃송이 더욱 희다
햇살 아래 여인은 양산 속에 파묻히고
어떤 이는 땀 흘려 달리고 있다
저 멀리 자욱한 삶의 울타리를 감싸 도는
팔공산 능선이 흰 구름을 가르고 있다

천사 동자를 등에 태운 긴 수염 잉어는
별빛 녹은 삼정골 물을 끊임없이 토해내고
잉어를 안고 비스듬히 누운 여신의 눈길은
자애롭고 나는 뜨거운 물속에서 자유롭다

몸 씻긴 창가는 커피 향 그윽한데
당신은 맛 찾아 책 속에 빠져있고
나는 한 폭의 세상 속에서
영혼을 세척하고 있다

국 노인의 눈물

하얀 방에 웅크린 마른 나뭇가지
콧줄에 매달려 무슨 꿈을 꾸고 있나 국 노인이여
절벽 꼭대기 시간의 쥐는 끝없이 줄을 갉고
표정 없는 그의 얼굴
나는 얼핏 보았다네
초점 없는 동공에 어리는 물기를
괴물 박테리아에 점령당한
불덩어리 육신의 안쓰러운 몸부림

두 손에 얼굴을 묻고 오열하는 셋째 딸

해진 삼베 자락이 가냘픈 의술의 틈새에서
기웃거리는 검은 사자使者와
서서히 겹쳐진다

홀로 흘린 눈물의 의지인가
손녀의 결혼을 보고

하늘로 간 그

어린 손녀는 알려나
안타까운 할아비의 사랑을

세연정의 동백꽃

-병자호란 고산孤山을 생각하며

새벽이슬에 붉게 물든
금술 가진 꽃봉오리
어린 꽃송이 세연정에
몸을 던졌다
연못 모퉁이에
붉은 치마 뒤집고
소복이 모인 심청이
하늘엔 별꽃 만발한데
고산의 애간장 녹은 피
연못이 되고
동백은 수면 위에
하얗게 떠있다
붉은 동백이
점점 창백해질 즈음
오늘도 달빛 아래
고산은 잠 못 이루고
핏빛 울음을
사발째 벌컥거리고 있다

*고산 : 윤선도 조선 중기의 문신, 시인

눈빛으로 피는 꽃

- 은지恩志에 대하여

물 위를 머뭇거리던 용이 날아오르려 날갯짓을 하는구나
가득 찬 호수가 거목 가지가 움트려 가늘게 떨고 있다

빗물에 씻기지 않는 꽃봉오리가 활짝 피지 못하듯이
바람에 흔들리지 않는 가지에 알찬 열매가 어찌 맺히랴

이역만리異域萬里의 외로움은 필연의 외길에서 맞닥뜨린
우리들의 기도와 한 점에 닿아 눈빛으로 찬란한 꽃을 피우리라

아침을 깨우는 목소리와 새벽어둠을 부숴버리는 탄생의 일성一聲은
하나 되어 등을 두드리니 내 영혼은 부풀어 오르고

언젠가 가로등 불빛 속으로 사라지는 등 뒤에 아른거리던
이별의 하얀 그늘이 아련한데

아무도 딸 수 없는 아득히 뜬 둥근달인 너
차가운 하늘 문을 박차고 나와
태양의 가슴마저 뚫어버리는 훤한 달이 되리

화혼華婚의 수진이

봄꽃 만발한 향나무 뜰에 수평선 위 아른거리던 신기루가
어느덧 다가와 푸른 솔로 우뚝 서다

밀운불우密雲不雨 헤치고 절뚝이며 다다른 언덕배기 너머
밀려오는 파도를 뒤로하고 금빛 모래밭 나란히
걸어가는 뒷모습을 미소로 바라보며

가슴으로 기원한다
하늘이 스스로 도와 길하여 이롭지 않는 일이 없기를
(自天佑之 吉無不利)

나직이 읊조린다
비상하는 창공에 은빛 날개 활짝 펼쳐라

달그림자 밟고 선 창가에서 조마조마 서성이던 날들을 지나
외로움의 모퉁이에서 빈 가슴 채워주던 네가
인생의 술을 앞에 두고 수작酬酌하누나

우주에서 별빛 타고 날아온 시조새
똑 소리 나는 딸아 연두 사랑아

바람에 흔들리지 않는 나무가 어디 있으랴
세한歲寒을 견디고 이듬해 터트린 꽃망울은
더욱 붉고 향기로울지니
긴 동짓날 밤 서로를 데워줄 화로 속 깊숙한 불씨가 되자

우리가 부르는 찬가讚歌라면
목이 쉬어 미어터져도 좋으리

* 밀운불우 : 주역 9번괘[小畜] ;짙은 구름이 있으나 비가 오지 않는다는 뜻
* 自天佑之 吉無不利 : 주역 14번괘[火天大有]의 上九에서
* 酬酌 : 술잔을 서로 주고받음
* 歲寒 : 심한 한겨울의 추위

경자庚子년 입춘에 부쳐

오행성이 슬며시 자리를 바꾸면
일월은 제 그림자를 가늠한다
미풍이 별빛 우주에서 서서히 밀려오면
꿈틀대던 땅속 불꽃은 연두를 밀어 올린다
가는 바람에 밀린 잔물결이 일월을 반사하면
우리의 이마에 어룽대는 시간의 흔적도
미세하게 떨린다
당신의 흰 머리칼이 하나둘 늘어나고
내 얼굴의 주름이 좀 더 깊어질 뿐
수억의 입춘이 왔다가는 가도
여전히 강물은 도도히 흐르고 있다
황야의 미친 코끼리에 쫓긴 아이가
시간의 우물 속에 오롯이 갇혀
해진 넝쿨에 매달려 꿀 속에 머리 박고
나부대는 벌침에 무수히 쏘여도
아픔도 모르는데
티끌 삶의 흔들림을 어찌 알겠냐마는
나를 찾아 떠나는 길

멈출 수도 되돌아갈 수도 없는 길
비 오면 처마 밑에서 낙숫물 바라보며
엄동설한 찬바람엔 토방에서 가부좌로 앉아
아늑한 상념에 젖고
흙먼지 흩날리면 에둘러 가고
깊은 숲에 걸터앉아 솔향기에 젖은 땀 씻고
우리 사랑 모이면 미소로 가는 길
나 외롭지 않고 두려울 것 없어라

* 황야의 미친 코끼리 ~ 벌침 : 7세기 지나교 설화에서

아 아버지

저녁상을 마주하고 턱받이를 걸어주는
엄마 손길에 반짝이던 아버지의 정수리
당신의 손에 이끌려간 유년의 한때
백발수염 한방도사가 맥을 짚고 하던 말
"그놈 참 불칼이네"
막내아들은 몸살을 앓고
초등학교 운동장에서 당신은 소리쳐 아들 부르고
철부지는 부끄러워 숨고 청춘의 공백은
당신의 정수리에 내려진 공터만큼이나 넓었지만
울타리 속 아픔과 갈등을 한 아름 안고
묘 터에 집착하던 나날에도
제사 때마다 잔디 캐어 오라던
엄동설한의 엄명을 거역 못 하던 아들들
민감하고 조급하게 직진해도
막내에겐 별로 맵지 않던 꼬치영감
할머니와 나 사이의 여백 같은 존재
오 의사 아들이 둘이면 무엇하랴
그날도 총총걸음의 골목 어귀에서

아이의 세발자전거에 허무하게 무너져

하얀 병상에서 바싹 마른 턱수염의 기억을 남긴 채

아카시아 향기 아래 누워있는 분

이제 아들의 등 뒤에도 노을이 붉어지니

먹다가 흘리고 손끝이 미끄러워

소갈머리 빠진 어느 날

거울 속에 떡하니 서 있는 아버지

은지 코넬대학 박사 되다

- 축시

승리의 감격에 두 팔을 벌리고 달려오는
너를 향해 우리가 날아가고 있다
아린 외로움이 새겨진 월계관을 쓰고
환하게 웃는 그 날
어느새 붉게 젖어오는 우리의 눈시울
오 신이여 천륜이란 무엇이며
이 벅찬 가슴은 어디에서 오는 것인가

하늘이 알을 낳고 땅이 품어 조상신이 현몽한 봉황
힘 오른 날갯죽지 크게 펼쳐 영롱한 눈빛으로
날아라 날아라 날아 올라라

영원을 흘러내린 빙하수
별의 심장에서 폭포로 내리꽂히니
바다는 덩실덩실 춤추고
깊숙이 유영하는 흰 고래가 쏘아 올린 거대한 물기둥
솟아라 솟아라 솟구쳐 올라라

질주하는 길섶의 핀 코스모스 하늘거리는 밤
때로는 달빛에 묻혀 잠 못 드는 밤
입술 적신 포도주로 설렘을 달래어
문득 눈 뜬 새벽의 적막 은은한 커피 향에
저 멀리 바람이 문을 열고 당도하면
죽어도 아니 죽는 사랑이 되자

편견

그 아이가 울상이다
고개를 숙이고 머리칼을 쥐어뜯는다
바닥난 영수증과 동반 자살한 컴퓨터
계산대가 열쇠를 삼킨 휴일
도움의 손길은 까마득한 휴식이다
궁하면 통한다 했던가 그래
기계는 단순한 바보인지라
나도 너처럼 바보가 되어 보자
두리번거리다 휴지 한 조각을
슬쩍 끼우니 오호 유레카
종이 냄새를 맡은 녀석은 뜨거워
입을 딱 벌린 조개가 된다
동시에 환하게 펴진 아이의 얼굴
슬며시 나의 노파심이 거든다
아이야 편견은 어둠이라
대해大海로 나가라

무제

창을 여니 가지 끝에 걸린 까치집이 비에 젖고 있다
얼마 전 잔가지를 물어다 부리로 둥지를 다듬던 부부는
어둠 속에서 다가올 이별을 씹고 있는지 보이지 않는다

비가 그치면 새는 알을 품고
알 깬 새끼는 배달된 사랑으로 무럭무럭 자라
크게 날개를 퍼득이면
어미 새는 무심히 날아올라 하늘을 쏘리라

보라
필연의 이별 뒤 텅 빈 시간
보라별의 반대편 세렝게티 초원
새끼에게 최후의 고기 덩어리를 던져주고
뚜벅뚜벅 지평선에 걸린 노을 향해
직진하는 표범의 단호함을
새벽녘에 내리는 싸락눈의 싸늘한 적막을

낮달을 품고 봉鳳을 꿈꾸며

가슴에 낮달을 품고
검은 바다에 배 띄우다
파도가 몸을 할퀴고 바람이 몰아쳐도
물속 영면永眠을 거부하고 다다른 섬
해초가 파고든 텅 빈 배는
달빛만 덩그러니 돛대에 걸려있다
머무를 수 없는 바위틈에서
간밤 꿈속에서 하얀 모시적삼 걸치고
바라보시던 어머니를 덥석 안아
봉의 품에 고이 뉘어 드렸지

돛대에 감도는 어머니의 입김으로
배를 다시 띄우고
고향 찾는 오디세이처럼
나는 대붕大鵬을 찾아가고 있다

봉황이 날아오르기 전에 덮을

대망大網의 설렘에

다리에 힘이 쏠리고

질주하는 애마의 눈에는

붉은 해가 꽂혀있다

길을 가다가

향긋한 사과 내음 따라
오솔길 걷다가
농염한 사과 아랫도리가
벌레 둥지였음을 알았어도
모른 체하고 지나치고

썩은 냄새 진동하는
물간 고기 마주치면
땅속 깊이 파묻고 가자

흐르는 강물결 따라
꺾인 햇살에
붉은 복사꽃잎 일렁일지라도
굳이 건질 까닭 없고

억수로 퍼붓는 소나기에
조급한 황토물이
강둑을 닦달하거든
조용히 눈을 감는다

파도

문을 열어라
깨어나라 중생이여

바다는 목탁
파도는 목탁 소리
해변의 모래알은 중생衆生

가을 단상

달빛에 비친 억새 그림자가
바람결에 흔들거릴 때
문턱에 걸쳐진 가을을 직감한다
핏빛 단풍이 온 산을 불태울 때는
내가 가을이었다
앙상한 가지 끝 홀로 남은 홍시가
까치에 파먹히고 있는 것을 보고
가을이 끝났음을 알았다

창공의 외기러기 높이 날고
매운바람이 외투 깃 세우면
얼어붙은 강심에서
유영하는 내 사랑

5

보스포르스 해협의 갈매기

청춘의 피로 물든
에메랄드는 푸르고
창칼은 싸늘한데
술탄은 가고 없다

텅 빈 궁전
술탄의 여인들의 고독한 사랑은
황금 속에서 울고 있다

바다를 거칠게 물들이는
이슬람 사원의 불빛
밤을 노래하고 있다

팔 뻗으면 닿을 듯한
두 대륙의 사랑은
그들만의 사랑으로
아직도 평행선

비릿하고 비좁은 바닷길을
꼬리에 거품을 달고
배회하는 유람선

고향 잃은 갈매기
쉴 곳이 없다
날개를 접은 갈매기
동이 트면 훨훨
산으로 간다

고인돌에 걸터앉아

따가운 땡볕 아래
솔숲에서 매미가 울어댄다
땅속 투혼은 뼛속 깊은 그리움
소나기가 퍼붓기 전에
따야 하는 별
사랑은 어디에 있는가

숨 막히는 이 순간에도
땅끝 툰드라의 얼음 속
어디에선가
꽃은 피려 꿈틀하리라

매미의 절규와 동토 꽃의 아픈 인내는
한 점에 닿은 목마른 슬픔

수만 년 영혼을 덮어주던
고인돌에 걸터앉아
땀에 젖은 나그네는
툰드라의 꽃향기를
그리워하고 있다

호수

멀리서 보면
초록 갈빛 하양의 순환인 산도
파고들면
계곡 물소리 담겨 있는 텅 빈 고목등걸
자작나무 숲속 바람 우는 소리
칼날 정상에서 눈꽃을 피운 구상나무 검은 가지
하늘에 닿아 별이 되어 있다

사람도 그러하다
가슴으로 다가가 본 그의 향기로
깊숙한 호수 밑바닥에서 빛나는
푸르고 시린 눈망울을 보고 싶다

도동서원 은행나무

야트막한 고개 너머 아늑한 터
외로운 거목은 태양이 뜨겁다
수백 년을 같이한 청룡 백호 위로
구름이 흐른다

아픈 젊음을 뒤로하고
천년을 향한 기다림은
불꽃의 뿌리에 닿아있다

관세음보살 되어
넓은 귀 열고
중생의 소리에 쉼 없이
떨고 있는 잎새

달빛 아래 길게 드리운 그림자
토혈 선비의 혼이 서려 있다

꿈

내 볼펜 끝이 평소 별로 달갑잖은
대통령의 눈을 스쳤다
불현듯 용안에 손톱자국을 내어
사약을 마신 왕비가 떠올랐다
그리고 며칠 후
어머니가 돌아가셨다

열대야

강변의 다리 밑 어둠 속에서
웬 사내가 색소폰을 불고 있다

땀 흘려 몸 씻겨 티브이를 보니
보이는 얼굴이 그 얼굴이 그 얼굴이다
활짝 열린 창문에 초점은 사라지고
보형물로 증축된 뾰족한 동산 입구는
솔고 가냘프다

사람들의 말은 어떠한가
말로서 말이 많으니 소리 되어
비눗방울처럼 허공을 떠도는 말 말 말

저승에서 보다 못한 염라대왕
한 보따리 바이러스 풀어
봉쇄한 마스크도 외면한 채
세 치 혀를 날름거려

태풍에 웃자란 잔디를 어지럽히는 그들의 만용
진실에 덧칠을 하고 비틀어
허황한 권력 앞에 꼬리 흔드는 개
알 수 없는 분노와 증오가
뼛속 깊이 박혀 피에 굶주린 이리
백주 대낮에 돼지우리 안에서
태양이 죽었다고 외치는 괴물

이래저래 뒤척이는 밤
아 우울의 강물에 부유하는 슬픈 눈망울

바람아 소나기 한줄기 세차게 퍼부어
비릿한 쓰레기 싹쓸이하고
외로운 그 사내의 애절한 노랫가락 들려나 다오

브레이크

반짝이는 여선생의 까만 드레스가
노래를 한다
내 손을 거친 그녀의 리듬은
아랫배를 쿡쿡 찌른다
땀에 젖은 이마는
안타까운 몸부림이다
타고난 음색은 강물로 흘러도
반음의 간격은 너무 멀다
나는 안다 그리고 나는 모른다
알 수 없는 어머니의 자장가
모자를 삐딱하게 눌러쓴
이스트우드의 석양의 멋과
내어 지르는 파바로티의 열정에도
내 반음은 요지부동이라

바라보는 아내의 일침一針
그게 당신의 브레이크야

상상해 보라
브레이크가 망가진 기관차
내장을 드러내고 비상하는 모습
오 아찔한 나의 브레이크

삼월의 강변

연둣빛 강변에서 나물 캐는
아낙의 뒷모습이 동그랗다
허리 굽은 강기슭에는
산 하늘이 가득하고
고래 같은 잉어 떼가
만찬을 준비하고 있다
흰 거품을 안고 강은 달리고
나는 흐르는데
지천의 개나리가 샛노랗다
문득 봄 불에 이끌려
번쩍 솟구친 대어大漁가
첨벙 내리꽂히니
동심원 물결이 번져 올라
느티나무 가지 끝이 봉긋하다
단정하게 머리 풀은
수양버들 햇살 아래
한가로이 떠다니는 오리들 사이로

봄을 부르는

신의 소리 청아하고

살랑이는 바람결에

잊혀진 영혼들이

봄을 초대하고 있다

수성못에 잠긴 낮달과 그 섬

한여름의 절정에
부서진 청춘의 가슴 안고
터벅터벅 마른 못을 지나
그 섬에서
깡소주에 나를 묻었지
하얀 이마가
맨땅에 입을 맞춰도
전혀 아프지 않았다네

수십 번의 봄들이
왔다가는 가고
호반의 그 소녀는
바람이 되었나

봄물 가득한 섬에는
뒤뚱 오리들이 햇볕에 깃털을 말리고
까치와 왜가리가 솔숲을 나누어
둥지를 틀고 있다

커피 향 가득한 창가에는

물속에 빠진 낮달이

물결에 흔들리며

나를 비추는데

아 지금 나는 어디메쯤 서 있는가

잊혀진 그들

우연스레 스마트폰에 오랫동안 밀봉된
이들에게 신호를 보낸다
반사되는 색깔이 알록달록이다
뜬금없는 방문자의 코드 연결에
그쪽은 잠시 뜸을 들인다
불안감이 깔린 정서에
반기는 마음조차 서먹하다
가는 바람에도 신호가 자주 끊긴다
추억이 듬성듬성한 이들과의
모처럼의 언약도 쉽게 허물어진다
그러나 별로 서운한 것은 없다
나 역시 잊혀진 그들이니까

어둠 속에서

갑작스레 접한 부음
아직도 그의 미소가 허공에 꽂혀 있는데
설산의 혼이 되었다니

죽음이란 늘 함께하는데
볼 수 없는 우리네 삶의 허망함이여
한바탕 소나기에 먹구름 걷히듯
한숨 한 번 쉬고 나면 그만인 것을

뿌연 먼지 흩날리는 아등바등은 접고
달빛 아래 지혜의 강물에 배 띄우고
한잔 술로 유유히 노저으면 어떤가

지나가는 바람에 등짝이 선득하여
무심코 돌아보니 어둠 속에서
복수초 한 송이 얼음 뚫고
홀로 피어있다

머무름을 위하여

수면 아래 고니의 쉼 없는 갈퀴질은
긴 목을 꼿꼿이 세우기 위함이고
긴 부리를 꽃술에 깊숙이 박고
붉고 푸른 날개가 하얗게 될 때까지
무수히 파닥이는 벌새는
꽃이 되고 싶은 거다
바람 타고 까마득한 허공을 빙빙 돌다
갑자기 수직으로 내리꽂히는 검독수리는
붉은여우 목덜미에 날카로운 발톱이
박히는 순간을 기다리는 것이다
으스름 달빛 아래 모래 둥지를
필사적으로 탈출한 바다거북이
등짝에 우주를 새기고 평생을 눕지 않고
광활한 바다를 유영하는 것은
비록 그의 동굴에 백골로 남을지라도
알아보는 누군가를 만나기 위함이다
나에게로 왔다 너에게로 멀어지는
파도의 무한 율동도

바다의 영원한 침묵을 위해서다

내 안의 나를 찾아 파고들수록
밤하늘을 흐르는 별똥별로
한없이 멀어지는
가없는 나의 백일몽白日夢

* 백일몽 : 한낮에 꾸는 꿈. 헛된 공상을 비유하여 이르는 말

나의 달리기

이마에 땡볕을 안고 운동장을 도는데
나무 그늘 아래 웬 노인 꾸부정하게
툭 던진다 "참말로 대단하네"

비바람 낮게 퍼붓던 어느 날도
뜀박질에 강변이 희뿌연데
저편 나그네 우산 속에서
고개만 갸웃거렸다네

이른 봄날 꽃길을 달릴 때는
내가 꽃인지 꽃이 나인지 헷갈려
앞서가는 소녀의 꽁무니만 따랐다네

힘들고 두려울 때
진정코 바라는 초월超越이라면
아예 더 깊숙이 파고들어
하나여야 하는 것

이제 거미줄에 걸린 수십 년은
찌뿌둥한 심신을 용납지 않는다네

땀 속에 녹은 근심과 분노가 쓸리고
긍정의 가지 끝에서 청아하게 울리는 풍경風磬 소리
들어본 적 있는가 그대여

서시

꼭꼭 밟힌 누룩이 빚은
술술 넘는 시큼한 막걸리처럼

삶의 애환이 지긋이 눌린
쫄깃하고 구수한 누룽지처럼

땅속 깊숙이 파묻혀도
젖은 솔향기 뿜어 올리는 송로버섯처럼

어릴 적 고향 뜰 햇살 아래 꿈꾼
아스라이 반짝이는 영감으로

산안개 헤치고 멀리멀리 퍼지는
산사山寺 범종의 은은한 울림으로

매성昧星

까치는 왜
나무 맨 꼭대기에
둥지를 틀까
검은 날갯죽지
허공에 드리우고
일렁이는 그리움으로
가슴으로 먼 산도
알 품듯 품어
한밤
중천中天에 걸린
매성을 삼켜
정신이 고프지 않는
아침을 맞고자
둥지를 걸어두었다
높고 아득하게

목련

얼마나 참았던 눈물인가
엄동설한 모진 바람에 무수히 흔들리면서도
언 땅 깊숙이 뿌리박고 뜨거운 가슴으로
고통의 절정에서 마침내 토해낸 눈물
희고 굵은 눈물방울 그대는 아는가
목련의 순정에 향기도 잎새도 곁가지도
다 부질없다 온몸으로 꽃봉오리 뿜어낸다
그대는 보았는가, 새벽녘 꽃잎에 맺힌
찬란한 이슬방울에 태양이 뜨는 것을
못다 한 말 한마디가 꽃잎으로 떨어져
땅 위에 얼었던 풀들을 달래주니
찰나에 지나가는 이별의 아픔에게 이제
작별의 인사를 고해야겠지
춘삼월의 설렘도 잠시 벚꽃 만발한 사월은
더욱더 잔인함으로 다가올지라도

초승달을 들어 올리다

햇볕 쬐는 병애할매 무릎 앞에
매화 향기에 취한 꿈결 같은 오후가
주섬주섬 공깃돌을 모아둔다
바람 타고 스치던 박새 울음도
널브러져 햇볕 좀 쬐게 해달라고
햇볕 쬐는 병애할매 오그라든 무릎 앞에
아리고 젖은 눈동자를 굴린다
시간 속에 던져진 한 점 나도 아리다
아직도 불꽃은 파랗게 타오르는데

어느덧 소나무마저 허리 휘어져
지붕 위 누워있는 희끗한 잔설을 쓴다
배롱나무 가지 사이 초승달처럼 떠오르는 얼굴
용암처럼 밀려오는 어머니 그리워
내 목은 점점 메어 오고

해설

초월의 길, 내면의 소리에 귀를 기울이다

박윤배 | 시인

1.

시인의 자서 혹은 시인의 말이 한 시인의 시를 들여다보는 유일한 지름길일 경우가 종종 있다. 특히 난해한 현대시의 시 읽기에 있어서 이해의 통로를 찾기 어려울 때 시인의 시작노트를 읽어보거나 시인이 쓴 아포리즘을 먼저 탐색하다 보면 닫혀있던 감상의 입구를 쉽게 찾을 뿐만 아니라 한 시인의 시 세계가 품고 있는 상징의 실마리를 발견할 수도 있다.

김성수 시인의 시집 서두의 〈시인의 말〉에서 "알 수 없는 그 무엇을 말하고 싶었다."는 고백 또한 시와 자신과의 관계에서 '말'의 방법으로 시라는 형식을 선택하게 되었다는 것을 이야기하고 있다고 보인다. 또한 "내면의 소리에

귀 기울여 차가운 이성을 녹이고/ 데워진 가슴을 어루만져 길을 내어주는 시를/ 만난 것은 어쩌면 필연일지 모른다."는 진솔한 고백은 아마도 자신의 삶에 주는 어떤 가치 있는 변화와 함께 말할 수 없음을 말할 수 있음으로 해서 얻어지는 치유의 길을 시에서 찾을 수 있었다는 고백 혹은 암시이기도 하다. 지나온 여러 삶의 회억과 미래를 생각할 수 있게 된 것도 시의 힘일 것이다. 감각의 깨어남과 정서의 환기는 곧 사랑의 에너지가 되고 성찰의 피를 원활하게 돌리는 자신의 존재를 발견하기도 한다.

이후문학파(문학도를 꿈꾸었지만 생활전선에 떠밀려 인생의 전반부를 보내고 생의 후반부에 새롭게 꿈에 도전하는 문학인)에 해당하는 대개의 시인들이 그러하듯이 첫 시집을 상재하는 김성수 시인 또한 버릴 수 없는 유산처럼 유년의 기억과 어머니를 포함한 가족사적인 시들을 첫 시집에 포함하고 있다. 따지고 보면 과거에의 회억이 시를 써야겠다는 첫 시발점이 되는 경우는 많은 늦깎이 시인들에게서 나타난다. 어쩌면 그런 시들이 자신에게 있어서 매우 소중한 상상력의 창고 역할을 한다는 것은 불변의 사실이다. 그렇지만 그런 창고는 함부로 헐어내다 보면 금방 바닥이 난다. 이때 시인이 새 물을 어떻게 받느냐가 결국 과거에 머물지 않는 창조의 문 혹은 아리스토텔레스가 말한 광기의 문을 열고 들어가는 시인이 되는 관건이라 할 수 있다. 과거에서 끌어올려야 할 것은 어쩌면 기억이 아니라 느낌이어야 할 것이다. 기억이란 시간이 지나고 나면 자신도 모르게 유리한 쪽으로 편집되는 것이며 현재의 오감을 어떻게 깨워서 과거의 경험이 주는 느낌을 미래로 버무려 낼 것인가를 고민할 때가 되었음을 첫 시집 이후에야 시인은 알게 되는 것이다. 비로소 자신의 세계를 가진 시인으로 재탄생할 수 있는 것이다.

2.

김성수 시인은 이제야 시집을 세상에 내어 놓지만 시력이 만만찮아 보이는 시인이다. 이는 위에서 지적한 바 있지만 시인이 꼭 시집 안에 담고 싶었던 과거 반추형의 시들 몇 편과 가족사적인 시들을 제외하고 보면 시인의 세계가 극명할 뿐만 아니라 사유의 깊이와 조탁된 시어 구사력, 비유의 활달함과 종교적인 성찰로 이미 오랜 밤을 시라는 무형의 예술과 오랜 씨름의 시간을 겪었음을 이번 상재하는 시집 곳곳에서 쉽게 발견할 수 있다.

타오르는 불길 속에서 오늘도
시커먼 구렁이를 배에 두르고
깊은 오수午睡에 빠져 있는가
-「절벽 도라지」 마지막 3행

절벽이라는 현실 상황에 대한 암시적 묘사를 시작으로 시집 첫 장을 열면 만나게 되는 그의 시 「절벽 도라지」는 도라지가 어떻게 하루를 건너 오랜 세월을 살아내고 있는지를 잘 묘사함은 물론, 진술 중 "나는 편안하다"라고 말하는 시인의 역설이 놀랍다. 하늘을 창백한 화선지로 비유함은 물론 "힘찬 한 획 그어 놓고/ 아 한 조각 우주에 비껴선 경허의 넋이여"까지 상상력의 극점을 끌고 올라간 뒤 위의 마지막 3행으로 시를 마무리하고 있다. 어찌 보면 이 마지막 3행을 앞서 전제한 객관적 묘사가 없다면 선시다. 아니 선시풍이라는 말이 맞을 수도 있다. 이 마지막 3행이 시로서 놀랍다는 것은 아니다. 단지 앞에서

바람 타고 나비처럼 하늘거리다
번개가 허공을 가르던 어느 날
절벽 바위 속으로 빨려들어 왔다
바위 한 덩어리 품에 안고
그날의 붉은 해를 먹고

비릿한 바다 내음에 취해
저녁노을 타고 거닐다
달빛을 덮고 새벽을 기다린다
때로는 가파르고 외롭게 보일지라도
나는 이대로 편안하다
오래전부터 시간은 멈추고
고독과 두려움은 그대의 몫이다
늘 깨어 있지 않으면
만날 수 없는 우리의 인연은
하늘만이 알고 있다
-「절벽 도라지」 전반부

라는 전제가 뒤의 3행이 주는 의미와 사유의 깊이를 더하여 선시풍이지만 절심함으로 와닿게 읽힌다. 그냥 일상 혹은 잘 갈아엎은 밭에 심어진 도라지가 아닌, 절벽을 붙들고 있는 도라지, 도라지를 붙들고 있는 것이 절벽인지는 알 수 없지만, 80년대 딱히 선시라고는 말할 수 없는 어떤 깨달음의 목소리를 닮아가려던 시집 『애린』 김지하, 『남해금산』 이성복, 『하늘이불』 조정권 등의 시적 시도를 보는 듯하다. 역사로부터 계시를 찾거나 끊임없는 자기부정으로 세속적 욕망에 저항하려는 노력과 우주와 나의 합일을 통해 자아의 희열을 찾으려는 각각의 노력들이 결국 선시가 아닌 선시풍禪詩風의 시를 낳지 않았던가. 아마도 시인은 시에서도 언급했지만 경허鏡虛 선사의 불교사상에 가까이 다가가려는 어떤 자세를 시에서도 취하고 있는 것은 아닐까. 사실 선시풍의 시를 쓰려는 시인들이 우리 시단에는 분명히 우후죽순 존재한다. 그러나 지금껏 작은 깨달음으로 큰 깨달음의 환상을 시로 쓰려고들 하지만 거의 실패하는 경우가 대부분이었다. 일명 이러한 시에 이름을 붙이면 깨달음과 초월의 시라고 할 수 있겠다. 부정적인 견해를 예로 들면 가공의 초현실을 즐겨 창조해온 거짓 낭만주의자들에 대한 칸트kant의 경고가 떠오른다. 결국 진여眞如의 세계를 노래한다고 다 시가 되는 것은 아니다. 현실에서 일어나는 갈등들을 시인은 언어적 형상화를 통해 드러냄으로써 독자들에게도 현실로부터 자유로움을 느끼게 해야 할 것이다. 아마도 이러한 초월의 시적 장치로 김성수 시인은 자신의 시에서 활달한 상상력을 동원하여 한국시에서 찾아보기 힘든 남성적 이미지를 거침없이 사용하고 있다. 불교적 냄새가 물씬한 윤회라는 제하의 시를 보면 팽팽한 긴장감이 느껴진다.

숲속을 산책하던 칸트의 영혼이
하늘에서 쏟아지는 별을 안고

비명을 지르다가 눈 덮인 히말라야 정상에서
잠시 숨을 고르고
빙하수 따라 바닷속 깊숙이
용왕을 배알한 후
거대한 고래로 환생還生하니
검푸른 창해滄海는 고래가 내뿜는
물기둥의 파편으로 비가 내리고
칸트의 숨결이 깃든 비는
뜨거운 사바나를 적셔 임팔라는 살찐다
야심한 보름달 밤 광막한 초원 한가운데
죽은 고목 등걸 위 걸터앉은 표범은
꼬리를 축 늘어뜨린 채 허연 송곳니를 드러내고
임팔라를 씹고 있다
고독한 표범의 송곳니가 반사하는 달빛을
한 줌 모아 나는 홀로 시를 쓰고 있다
-「윤회輪回」 전문

위 시는 윤회의 과정을 이야기하지만 결국 시인은 고독하다. 송곳니에 반사하는 달빛이 시인의 고독을 이야기하는 주 매개물이다. 시인은 시인의 눈으로 세상을 읽으려 한다. 즉 갈고 닦는 자로서의 시 쓰는 자신을 윤회의 한 장면에 놓고 있다. 위 시에서 칸트를 주목해 볼 필요가 있는데,

히말라야에서 창해로 사바나로 건너가면서 고래, 임팔라, 표범 등은 윤회의 과정이 된다. 몸이 바뀌는 동물들은 상상력의 산물일 뿐 달빛 아래 송곳니라는 작은 매개물 하나가 세밀하게 관찰되고 있는데, 그 작은 이빨 하나에 온 우주의 질서를 담아내듯, 아마도 그가 꿈꾸는 것은 작은 것을 통해 큰 것을 보려는 그런 것인지도 모른다. 존재의 근본은 욕망에서 비롯된다고 하지 않던가. 그렇다면 우리가 벗어나고자 하는 현재도 욕망의 한 표현일 수 있다. 시인이 말하는 윤회도 따지고 보면 죽음과 무관하지 않다. 결국 우리에게는 죽음이 있음으로써 아름다움을 욕구하며 존재의 신비로움에 도달할 수 있는 것이 아니겠는가. 시인이 윤회라고 흔한 시제를 붙인 것 같지만 밋밋한 삶에 상상의 충격을 주면서 자신의 시를 향한 열정을 고백하고 있다.

> 맛 찾아 파고든 뒷골목에서
> 용암이 구운 공룡 고기는 구수했고
> 천둥이 고아낸 용꼬리 탕은 얼큰했다
> 자작나무 껍질 두르고 용궁을 지키는
> 민어 아가미 살도 삳삳이 발라먹고
> 아득한 봉황 알은
> 번개에 튀겨져 매끄러웠다

하늘 목로주점에서 만난 북극성과
수억 년 묵은 김치를 씹으며
신선주 한 사발 들이켜고
이윽고 다다른 양념 볶은
자갈치 곰장어를 마주하니
온몸을 불사른 볏짚의 맛이
어머니 같고
칼칼한 소주가 스며들수록
보인다
힘차게 요동치며 깊은 바다
모래 속을 파고드는 장어와
볏짚 속에서 잠자던 곰팡이까지
다 아른거린다

태양을 먹고 바다를 마신 나는
봉인된 가슴이 열리고 희뿌연 시야에서
서서히 떠오르는 얼굴 지야 진이

이제야 나는 안다
그토록 애타게 찾아 헤맨 것이
사랑이었음을

–「짚불곰장어」 전문

앞서 시 「윤회」가 죽음의 욕망을 통해 자신의 존재를 들여다보는 시라면 이 시는 일상의 체험을 체험답지 않게 바꾸어 놓은 전반부 "용암이 구운 공룡 고기는 구수했고/ 천둥이 고아낸 용꼬리 탕은 얼큰했다/ 자작나무 껍질 두르고 용궁을 지키는/ 민어 아가미 살도 샅샅이 발라먹고/ 아득한 봉황 알은/ 번개에 튀겨져 매끄러웠다/ 하늘 목로주점에서 만난 북극성과/ 수억 년 묵은 김치를 씹으며/ 신선주 한 사발 들이켜고" 여기까지는 과장된 표현이다. 본 음식(짚불곰장어)이 나오기 전의 곁들인 안주쯤일 것이다. 그다음 나온 본 음식에 대한 묘사는 과장되지 않았다. 어머니를 연상하는 정도다. "이슥고 다다른 양념 볶은/ 자갈치 곰장어를 마주하니/ 온몸을 불사른 볏짚의 맛이/ 어머니 같고/ 칼칼한 소주가 스며들수록/ 보인다/ 힘차게 요동치며 깊은 바다/ 모래 속을 파고드는 장어와 볏짚 속에서 잠자던 곰팡이까지/ 다 아른거린다" 여기까지는 무난한 묘사일 뿐이다. 2연으로 첫 행에서 "태양을 먹고 바다를 마신 나는"은 곰장어와 아마도 곁들인 술로 봉인된 가슴이 열렸고 의문의 지야, 진이는 누구일까? 첫사랑일 수도 아닐 수도 현실의 가족일 수도 있다. 그러나 구체성은 띠지 않아도 그 이름이 주는 정감은 충분히 느껴진다. 마지막

연에서 시인은 고백한다, 사랑이었음을.

길게 눈을 찢는다고
세상이 잘 보이는 것은 아니다
칼날로 콧날을 오뚝하게 세운다고
당신의 자존이 우뚝 서는 것도 아니다
립스틱으로 아무리 붉게 바른다 해도
그대의 작은 불씨가 타올라
마그마가 될 수는 없다

어느 날 바람결에
환갑 아내의 흔들리는 어금니 앞에서
나는 잠시 주춤거린다
둥글게 닳은 뿌리 끝에 투영되는 청춘의 꽃 잔영
녹아내린 뼛속에서 아이들 얼굴이 반짝이고
찰나의 순간 흔들리는 빈자리를 스치는
아린 슬픔 하나

평생을 지탱해온 꽃 뿌리를
이제는 서서히 내려놓을 때
그리움이 이별한 허공을
무엇으로 채워야 하나
펄떡이는 내 심장에 묻는다
-「아내의 어금니가 흔들리네」

"어느 날 바람결에/ 환갑 아내의 흔들리는 어금니 앞에서/ 나는 잠시 주춤거린다"라고 고백하고 있는 이 시 또한 사랑의 마음이 자신의 아내의 어금니를 통해서 확인된다. 그러면서 "평생을 지탱해온 꽃 뿌리를/ 이제는 서서히 내려놓을 때/ 그리움이 이별한 허공을/ 무엇으로 채워야 하나/ 펄떡이는 내 심장에 묻는다."라고 자신의 심정을 토로하고 있다. 주름진 외모 등은 인위적 성형으로 얼마간 고칠 수는 있다. 그러나 현실적으로 늙음 앞에서 무력해지는 한 사람을 바라보면서 둥글게 닳은 어금니의 뿌리에 대해서 시인의 눈은 과거 김춘수 시인의 시「처서 지나고」에서 한 번 멎었다가 가랑비가 태산목 커다란 나뭇잎을 적시고 새벽에는 할 수 없이 "귀뚜라미 무릎도 젖는다."고 표현한 그 세밀한 눈 그 이상의 관찰력을 보여준다. 흔들림은 곧 빠질 것을 암시하고 빠지려 하는 이빨에서 청춘의 꽃 잔영을 만나고 녹아내린 뼛속에서 얼굴 반짝이는 아이들까지 만난다는 진술은 탁월한 상상이다. 또한 빠지고 나면 남을 빈 자리의 허전함을 아린 슬픔이라 노래하는 걸로 보아서 시인은 사랑의 그릇이 큰 시인인 것이다.

3.

김성수 시인이 상재하는 이번 시집의 시들은 크게 두 갈래로 나누어 볼 수 있다. 그 하나는 과거의 반추를 통한 가족사적인 일상을 노래한 시들이고 또 다른 하나는 시 곳곳에 등장하는 지상에서 하늘에 가장 가까이 근접한 신성함의 영지라 할 수 있는 히말라야를 찾아가는 수행의 여정일 것이다. 자신의 영혼을 가만히 내려놓고 싶어 하는 곳이 어쩌면 상징의 거처로 그려낸 히말라야가 아닐까.

여러 시 속에서 앞서 아내를 노래한 「아내의 어금니가 흔들리네」도 인상적이지만 모성을 다룬 몇몇의 시편에서 시인의 인간적인 체험과 사실을 그대로 그려냄으로써 담백한 서정이 물씬 풍겨난다. 소개하면

바다제비의 꿈은
남태평양 해초에 피 같은 침 묻혀
동굴 천장에 동그마니 붙어있다

알 깨고 나온 새끼는 창공을 날아오르고
온기 남은 빈집은 허물어져
황제의 혀끝을 찌르니

매혹의 그 맛이
어미 새의 감미로운 사랑이라면

지나가는 바람이 알려준
파 뿌리의 물컹한 맛이 익어갈 즈음

주름진 어머니의 굵고 거친 손마디로
푸른 근대줄기 뚝뚝 끊어 넣고 끓인
그윽한 토장국이 마냥 그리운 것은
사랑의 아픔이런가
–「모정 1」 전문

이 시는 토장국 같은 그런 사랑의 맛이 어머니의 손맛임을 노래한 시다. 어머니가 푸른 근대줄기를 뚝뚝 끊어 넣는 행위와 바다제비가 남태평양 해초에 피 같은 침 발라 지은 바다제비집의 그 맛은 아마도 동일할 거라는 시인의 추측이 시 속에 녹아 있다. 얼마나 신선한 대비인가. 시인에게 모성은 결국 어떤 고통도 편안하게 잠재워 줄 수 있는, 치열한 삶에 지친 몸을 이끌고 돌아가면 언제나 토장국 끓여놓고 반겨줄 것 같은 그런 모성임을 시인은 알고 있다. 또 다른 시 「어머니의 왕벚꽃」 "꽃 속에 깊숙이 박힌 당신의 미소가/ 밤의 보문호수를 깨우고 있습니다" "왕벚나무 등걸만큼이나/ 굵은 당신의 손마디마다 탄생하는 맛들을 기억합니다" "이미 나는 이곳에 없지만/ 유독 왕벚꽃 한 송이/ 눈물에 젖어 있습니다"에서 벚꽃과 어머니를 그리워하는 심사를 잘 드러내고 있다.

한편 문득 의문이 드는 한 귀절 "이미 나는 이곳에 없지만"은 어떻게 해석되어야 할지 시를 읽는 사람들에게 다양한 해석의 여지를 남긴다. 이곳에 없다니? 유체이탈의 화법인가? 현대시의 새로운 시도에서 가끔 만나기도 하는, 몇몇 시인들은 몸 밖으로 영혼을 탈출시켜 우주 허공에서 현실 속 자신의 유체를 관찰하며 시를 쓰기도 한다는 그런 기법의 시도일 수도 있다. 어쩌면 시간 뒤섞는 기법 즉 현재를 과거로 과거를 현재로 과거를 미래로 마구 뒤섞어 시간의 나열성을 거부하려는 일종의 몸짓으로 "이미 나는 이곳에 없지만"은 과거(어머니)를 여기 현재에 데려다 놓음으로써 나는 나를 미래에 두는 낯선 상상으로 평이한 시를 상당히 흥미롭게 한다. 어머니에 이어 아버지를 쓴 시도 한 편 눈에 띈다. 또 다른 시 한 편은 아마도 은지라는 이름의 자녀의 코넬대학 박사 됨을 축하하는 축시다. 부모님을 향한 마음을 쓴 시는 왠지 무거운데 그에 비해 자녀를 축하하는 이 시에서 시인은 세속적 기쁨에 한껏 취한 모습을 보여주고 있다. 마치 이것이 아무런 가식도 없는 부모의 마음이라는 듯 시인은 훨훨 날고 훨훨 솟구치고 있다.

저녁상을 마주하고 턱받이를 걸어주는
엄마 손길에 반짝이던 아버지의 정수리
당신의 손에 이끌려간 유년의 한때
백발수염 한방도사가 맥을 짚고 하던 말
"그놈 참 불칼이네"
막내아들은 몸살을 앓고
초등학교 운동장에서 당신은 소리쳐 아들 부르고
철부지는 부끄러워 숨고 청춘의 공백은
당신의 정수리에 내려진 공터만큼이나 넓었지만
울타리 속 아픔과 갈등을 한 아름 안고
묘 터에 집착하던 나날에도
제사 때마다 잔디 캐어 오라던
엄동설한의 엄명을 거역 못 하던 아들들
민감하고 조급하게 직진해도
막내에겐 별로 맵지 않던 꼬치영감
할머니와 나 사이의 여백 같은 존재
오 의사 아들이 둘이면 무엇하랴
그날도 총총 걸음의 골목 어귀에서

아이의 세발자전거에 허무하게 무너져
하얀 병상에서 바싹 마른 턱수염의 기억을 남긴 채
아카시아 향기 아래 누워있는 분
이제 아들의 등 뒤에도 노을이 붉어지니
먹다가 흘리고 손끝이 미끄러워
소갈머리 빠진 어느 날
거울 속에 떡하니 서 있는 아버지
-「아 아버지」 전문

승리의 감격에 두 팔을 벌리고 달려오는
너를 향해 우리가 날아가고 있다
아린 외로움이 새겨진 월계관을 쓰고
환하게 웃는 그 날
어느새 붉게 젖어오는 우리의 눈시울
오 신이여 천륜이란 무엇이며
이 벅찬 가슴은 어디에서 오는 것인가

하늘이 알을 낳고 땅이 품어 조상신이 현몽한 봉황
힘 오른 날갯죽지 크게 펼쳐 영롱한 눈빛으로
날아라 날아라 날아 올라라

영원을 흘러내린 빙하수
별의 심장에서 폭포로 내리꽂히니

바다는 덩실덩실 춤추고
깊숙이 유영하는 흰 고래가 쏘아 올린 거대한 물기둥
솟아라 솟아라 솟구쳐 올라라

질주하는 길섶의 핀 코스모스 하늘거리는 밤
때로는 달빛에 묻혀 잠 못 드는 밤
입술 적신 포도주로 설렘을 달래어
문득 눈 뜬 새벽의 적막 은은한 커피 향에
저 멀리 바람이 문을 열고 당도하면
죽어도 아니 죽는 사랑이 되자
-「은지 코넬대학 박사 되다-축시」

삶의 일상에서 부딪치는 여러 기복의 감정을 나열한 기록으로서의 시에 비해 깨달음의 몸짓을 드러낸 몇 편의 시들을 보면 시 정신의 바탕에 불교의 여러 경전을 나름 해독하고 체득하려는 시인의 정신세계가 곳곳에 산재해 있음을 알 수 있다. 시 속에 등장하는 각주들을 보면 시인인 그가 탐구한 세계는 실로 그 넓이와 깊이가 다양하다. 경허鏡虛의 사상과 *혜가慧可 : 중국 남북조 시대의 승려, 달마의 법을 이은 2대 조사 *오유지족 : 스스로 오직 제 분수를 지키며 만족할 줄을 앎 *오행성 : 수성 금성 화성 목성 토성 *명리학 : 하늘이 내린 목숨과 자연의 이치 *조후 : 오행의 온열 상태를 알아보고 조정 하는 것 *중화 : 서로 다른 성질의 것이 섞여 조화를 이룬 상태 *창연 : 드높아 시원스럽다 *왕旺 : 왕성하다 *법령 : 관상에서 양쪽 광대뼈와 코 사이를 지나 입가로 내려오는 선 *고산 : 윤선도 조선 중기의 문신, 시인 *밀운불우 : 주역 9번괘[小畜] ;짙은 구름이 있으나 비가 오지 않는다는 뜻 *自天佑之 吉無不利 : 주역 14번괘 (火天大有)의 上九에서 *수작酬酌 : 술잔을 서로 주고받음 *세한歲寒 : 심한 한겨울의 추위 *황야의 미친 코끼리~벌침 : 7세기 지나교 설화에서 *백일몽 : 한낮에 꾸는 꿈. 헛된 공상을 비유하여 이르는 말 등등은 시인의 시말을 빚어내는 바탕임이 분명하다. 그러나 시는 어쩌면 수도승의 해탈에서 얻어지는 일갈이 아니다. 어느 비평가의 말을 빌리면 시인을 정의함에 있어, 우리를 자유롭게 할 의무를 가진 시인의 깨달음은 현재를 바탕으로 한 현실 속의 초현실에 대한 깨달음이어야 하며, 그것은 현재를 풍요롭게 하는 것이어야 한다는 것이다. 다시 말해서 시인에게 초월이란 각질화된 현실의 벽을 깨는 것이다. 이름이 없이는 우리들의 의식 속으로 들어올 수 없는 현실의 알맹이에 언어의 집을 지어주는 것이다. 이런 각고의 산통을 시인은 현실에서 찾아내어 자신의 반성에 대상 혹은 그릇 같은 도구로 삼아야

할 것이다.

수면 아래 고니의 쉼 없는 갈퀴질은
긴 목을 꼿꼿이 세우기 위함이고
긴 부리를 꽃술에 깊숙이 박고
붉고 푸른 날개가 하얗게 될 때까지
무수히 파닥이는 벌새는
꽃이 되고 싶은 거다
바람 타고 까마득한 허공을 빙빙 돌다
갑자기 수직으로 내리꽂히는 검독수리는
붉은여우 목덜미에 날카로운 발톱이
박히는 순간을 기다리는 것이다
으스름 달빛 아래 모래 둥지를
필사적으로 탈출한 바다거북이
등짝에 우주를 새기고 평생을 눕지 않고
광활한 바다를 유영하는 것은
비록 그의 동굴에 백골로 남을지라도
알아보는 누군가를 만나기 위함이다
나에게로 왔다 너에게로 멀어지는
파도의 무한 율동도
바다의 영원한 침묵을 위해서다

내 안의 나를 찾아 파고들수록
밤하늘을 흐르는 별똥별로
한없이 멀어지는
가없는 나의 백일몽白日夢

*백일몽; 한낮에 꾸는 꿈. 헛된 공상을 비유하여 이르는 말

-「머무름을 위하여」 전문

4.

첫 시집을 상재하는 김성수 시인은 자신의 색유리를 찾아 현실을 바라보는 안경을 만들어 쓰기 시작했다. 불교정신을 시에 회통시키려는 노력은 이제 시작일 수도 있다. 시를 어렵게 쓰는 것은 진정성을 담보하기는 하나 독자를 떠나보내게 된다. 시의 중심소재를 가져오는 일 또한 가벼운 일상의 작은 깨달음이어야 한다. 이번 시집에서 시인의 넓고 큰 세계를 담으려 한 노력은 시집 도처에서 그 빛을 발한다고 볼 수 있다. 앞서 언급한 경허의 사상에 그 뿌리를 두고 시적 노력을 기울임에 있어서 시인은 보다 낮은 자세가 요구된다. 속세에서 자신의 일에 충실하며 살아가는 사람들의 모습이 어쩌면 절간에서 수도하는 승려와 다르지 않음을 시의 거울로 비춰내면서 복잡한 성찰의 언어가 아

닌, 보다 간결한 일상의 언어로 자신의 존재를 탐색해 낼 때 다음의 시집은 엄청난 시적 성과를 거둘 것으로 짐작된다. 시인의 가슴 바닥에는 따듯한 사랑이 흐르고 있고 생선 냄새가 물씬한 어촌 주막을 그려낼지라도 그 풍경 속에는 자신의 모습이 있음을 알게 되고 이름 없는 사물들에게도 시인이 명명해주는 이름이 있어 힘들게 현실을 사는 사람들에게 희망을 주는 그런 시를 쓰기를 축하와 함께 다음의 시에 나타난 정신을 이어갈 시를 두 번째 시집에서 기대해 본다.

초저녁 서녘 하늘에
초승달과 샛별이 가지런히 붙어있다

심장을 벽 속에 넣고 돌아서는 철부지 에미
휑한 골목 어귀 까마귀 낮게 울고
남겨진 생명의 가슴팍에 비수처럼 꽂힌 인연
하얀 밤을 보낸 소녀
새카맣게 타버린 가슴을 쥐어짜고 있다

우주 영혼이 보랏빛 별에서 잠시 머문 곳이
뻐꾸기 둥지인들 어떠랴

불빛 따라 가는 혼
누더기 걸치고 검은 사막 걸어간들
외로울 리 있으랴

나는 새는 떠나온 둥지를 탓하지 않고
유영하는 물고기는 물속 산을 오르려 하지 않는 것

슬픔의 강을 건너
햇살 눈부신 초원에서 탄생한 푸른 별이여
-「벽 속의 아이- 베이비박스」 전문